서향집의 저녁은 느리게 온다

서향집의 저녁은 느리게 온다

시와정신사

시인의 말

아주 작은 풀잎들 수다에 잠에서 깼습니다
사이에 앉아서
천천히 내 말을 꺼냈습니다
부끄러웠습니다

제 시를 읽은 어느 한 사람에게 응원을 받는다면
좋을 것 같습니다

2024년 캘리포니아에서

양안나

차 례

___ 제2부

___ 제4부

_____ 제1부

넝쿨손

어린 잎이 장대 앞에서 머뭇거릴 때
넝쿨손은 망설이지 않는다

허공 속 정지한 듯 서 있어도
줄을 더듬는 저 침착함
앞으로 앞으로 나아가는 묵언의 전진

줄을 움켜쥐고 돌돌 말아
몸부림 치며 오르는
온 세상 짐 다 짊어진 듯한 자세

샛노란 꽃 피고
주렁주렁 오이 열릴 때
굵은 마디마디는 빛나는 상처였다

오이 넝쿨손이
닿는 곳마다
바다향이 퍼지고 있다

분수

어둠 속에서
꿈틀거렸던 물의 씨앗들
새싹에서 줄기까지
줄기에서 우듬지까지 꽃 피우는

꼭대기에서 아래로 떨어지다
아래에서 다시 꼭대기로 치솟다
부딪히는 순간
절정에서
발화하는 차디찬 불꽃

물의 끝에서 펄럭이다
꽃잎 훌훌 털고
땅 속으로
땅 속으로 내려오는 것이
출발점인 걸 아는 분수

자신을 다스리는 평안이 여기 이렇게

사과나무

가을 한철 골목 어귀를 환하게 밝혔던
앞마당의 사과나무
다람쥐처럼 나무 타던 아이들

한 개는 주머니 속으로
한 개는 두세 명이 돌려가며
삐뚤삐뚤 새하얀 이빨 화석을 새겼다

개구쟁이들이 집으로 돌아가며 후후 뱉은 씨앗
태평양 건너 바람이 업고 왔는지
새가 숨겨 왔는지
새로 이사온 집 뒷마당에 서 있는 사과나무
구면인 듯 반갑게 나를 반겼다

지금도 사과나무 아래 서면
아이들 눈 찡긋 감으며
즙이 흐르는 능금 한 입 사각사각 베어 무는 소리
그리움으로 발효되어 퍼질 때 있다

석양

산마루 넘어가던 해가
종일 손에 쥐고 다니던 꽃을 강으로 던진다
푹푹 익은 붉은 즙이 흘러내린다

제 모습 바라보던 물새들 허공 속으로 사라지고
꽃게 두 마리 엇박자 찍으며
모래 속으로 향한다

갓 내린 저녁 빛이 진해지기 시작한다
누구도 이 빛을 막지 못하고
두고 온 것이 생각나 다시 돌아가고 싶어도
낮의 빛에 빗장이 걸려 있다

사소한 감정과
사소한 언어들로 엉컸던 기진한 하루가
서서히 빨려 들어간다

아름답고 쓸쓸한 빛
내 마지막 밤도 이렇게 노을처럼 식어 가리라

여우가 우리 집에서 잔다

유리창을 두드리는 푸른 울음소리
지난해 마당에서 낮잠만 자고 사라졌던 회색여우다
슴벅이는 눈에서 잠이 흘러넘친다

야생화 줄을 잇고 꼬리 붉은 매가 허공을 나르는
디아블로* 산등선 따라 내려온
봄이면 원주민들과 춤추고 노래 불렀던 선조의 흔적 찾
아온 것일까
베어낸 송홧가루 찾아온 것일까

재를 넘을 때마다 별처럼 돋아난다던 꼬리
초등학교 내 짝과 어린 조카의 백여시 꼬리들
아지랑이 너울 속으로 뭉텅뭉텅 잘려 나간다
내, 너의 꼬리 하나 얻어 무엇에 쓸꼬

데크 바닥에 뾰족한 입 붙이고 여우잠 자고 있다
언덕에서 굴러 내려오던 바람은 살금살금 되돌아가고
구름은 등을 다독거린다

나는 집안의 소리를 모두 잠근다
오늘은 여우가 더 맛있게 낮잠 자는 날

* 디아블로: 캘리포니아의 콘트라코스트 카운티에 있는 산

새벽 비

시작은 부드럽게
한 방울 한 방울
점점 빠르게 창문을 두드린다

푸른 빛으로 문을 여는
하늘과 나무와 꽃이 하나 되는 시간

검은 고요의 동그라미 속
어느 화백의 물방울이란 물방울 모두 모여
어떤 물방울은 작은 몸짓으로
어떤 물방울은 시루 속 콩나물처럼 목을 내밀고
물의 연주를 한다

멈추다 흐르다 스며드는
내가 아는 소리와
알 수도 모를 수도 있는
음의 긴 여울

깨어 있는 자만 들을 수 있는,

불 밝힌 자만 듣고 볼 수 있는 연주다

단단한 어둠 속을 지나다 돋아난 가시에 찔려도
제 상처 감춘 채
목마른 자 찾아다니는 불멸의 연주자

먼동에서 붉은빛 움트기 시작하자
아침은 햇살과 어울리게 두고
옷자락 툴 툴 털며 사라지는
저 뮤즈의 소탈하고 넉넉한 발걸음

우박

지상의 어느 나라에는 아픔이 너무 많아
발을 구르며 아우성치고 있다

튀르키예와 시리아, 흔들리고 무너진 블록 도시
풀썩 주저앉은 시멘트 더미 아래
하얗게 누워있는 15세 소녀
겨우 한 손잡고 있는 아버지의 얼어붙은 절규
"내 딸의 사진을 찍어주세요."

마지막까지 손잡고 꼭 껴안은 노부부
피투성이의 아이들
차마 눈을 돌릴 수 없는 한숨과 절규

언 눈물방울들이 바닥에 하얗게 쌓인다
너보다 더 아프지 않고 어떤 말이 필요할까?

하얀 국화 꽃대의 가는 허리가 흔들린다

기다리다

적당한 거리를 유지하고
서로가 아프지 않게 입을 가리고
눈으로 웃고 눈으로 말했다

죽음의 전갈이 여기저기에서 날아와
꽃 한 송이 바치지 못하는 영상 앞에
눈물로 위안을 보냈다

이렇게 넓은 땅 어떤 도시에선
마지막 누울 묫자리가 모자라 애끓는 중에도
어떤 이는 가족과 섬으로 떠나고
어떤 이는 급식소 앞에서
하루치의 양식을 위해 구불구불 줄을 섰다

부활절 아침
텅 빈 두오모 광장에 홀로 서서
순수한 영혼으로 부르는 보챌리의 아베마리아
지구를 돌고 돌아 하나가 여럿이 되었다

광장에서 사람들이 지혜를 모았다

자연에게 빌려온 빚을 갚기 위한 부끄러운 마음으로
두 손 모아 기다리고 기다렸다

호박꽃

호박꽃 곁에 앉아서
하얀 나비 노랗게 물들어 가는 것이
미안해서 견딜 수 없다는 말을 듣고 있습니다
문득, 모든 잘못은 내 탓으로 돌리던
당신이 생각납니다

한숨을 내쉬며
한 울타리에서 오이꽃과 비교당하며 살아온
서러움을 토하고 있네요
하늘도 한바탕 눈물 쏟고 나면 맑아지듯이
속상했던 마음 시원하게 터트리고 돌아서더니

어느 날 지나는 길에 유심히 보니
제 속을 다 쏟아 부어 만든
반짝이는 호박琥珀을 보듬고 있네요

목까지 차오르는 숨 고르며
이 악물고 허공 끝을 움켜쥐고 있는

저 거룩한 모성 본능

어머니, 당신이 보입니다

경칩

우수 지나
연못에 물이 고이는 달*

양지바른 길섶에서 모처럼 만난 풀꽃들이
땅속 이야기에 한창이다
정전 시간이 너무 길었다고
층간소음이 전혀 없었다고

풀잎들 수다에 눈뜬 개구리
온 땅에 초록빛 터트리고
맨살의 벌레들
나뭇가지에서 꽃처럼 피고 있다

꿈꾸는 눈빛으로
멀리서 돌아오는 새들의 귀환
쫑긋 귀 세운 복사꽃 동면의 창을 열고

대지는 겨우내 품고 있던 불씨 살려
꽃샘 바람을 잠재우고

나는 몇 차례 옷장을 뒤적거린다

* 인디안 달력의 3월

커피 칸타타

키스보다 달콤하고
맛 좋은 포도주보다 부드러운 커피*

수 세기 전의 바흐의 아리아를 들으며
수십 년 전에 없어진 종로의 르네상스를 생각하는
나는 옛날 사람
커피 알맹이를 여과지에 거르는 일처럼
아껴둔 기억이 한 방울 한 방울 걸러서 내려온다

구석진 곳에서 누군가 벌떡 일어나 카라얀이 되어도
훌쩍거리는 소리가 들려도 돌아보지 않던 거기
독일의 커피하우스가 아니어도
어쩜 당신도 기억할
칙-칙 레코드판의 울음에 쓴 커피가 녹았던 거기

갓 내린 향이 전하는 추억의 온도
기억의 장으로 함께 돌아갈 수 없다 해도
아리아처럼 달콤하고 시큼하고 부드러움이
당신의 길에 번져 있을 수도 있는

유리 용기로 흘러내린 커피, 깊고 따뜻하다

* 바흐의 커피 칸타타에서 딸이 부르는 아리아의 한 부분

유리 해변
– Glass Beach

몸은 닳아도 빛은 죽지 않았다
반세기 동안 버려졌던 맨도시노 해변*

누군가 해안으로 무심코 던졌던
망가진 가전제품, 낡은 의류, 술병, 이기심 몇 다발
해안은 점점 병이 깊었다
찢긴 상처가 곪고 곪았다

마을을 풀풀 날아다니는 검은 그림자의 냄새
코를 막고 돌아선 사람
해안으로 가는 길에 빗장을 채우고
그리고
아주 잊었다
새들만 적막한 장막 위를 날았으리라

파도와 바람과 햇살은
움츠리고 있는
유리 조각들을 씻기고 말리고 씻겼다

삐죽삐죽 모난 상처는 무디고 둥글어져
지구 한 모퉁이에
유리꽃을 피워 올렸다

물새들은 사랑을 나누고
파도는 또 버린 것을 걷어 올리고 있다

나, 저 자연의 관대함 앞에 고개 숙여
고통을 아름답게 승화시키는 법을 배우리라

* Mendocino: 샌프란시스코의 북쪽 해안

만화경

벽 한 면이 거울인 한 과일가게
금간 유리조각 속에서
오색 과일들이 마녀처럼 웃고 있다

수박을 들고 가운데 손가락으로 교신하는 여자
망고를 코 끝에 대는 노인
이브의 사과를 안은 아이

진열대를 빙글빙글 돌다 거울 속에 빠진다
몽롱해진 빛의 세계
흩어지는 외마디 소리
오장육부가 흔들리는 롤러코스트 속
휘황한 무늬 속에서 흐르다 흐르다 하나가 된다

겁내지 말고 눈을 떠봐
조각 조각의 모양을 이으면 더 넓은 세상이 될 거야
향긋한 냄새가 날 거야
어제보다 더 달콤한 맛을 느낄 거야
파편에 찔린 마음이 더 단단하게 굳어질 거야

이제 더 이상 이방인이 아니야

거울 속의 나와
거울 밖의 내가 손을 맞대고 웃는다

가뭄 경보

개울이 바닥을 드러내는 동안 나무는 그늘을 키웠다
땅속 수맥 찾아 온몸 뻗고 또 뻗었다

부글거리는 대지
목 타는 목숨
울안의 텃밭을 담장 너머로 옮겨 갔다
토끼 뒤를 사슴이 따랐다

몇 달 농사 상추 열무 내 몫 기대하기 어려워도
어쩌랴, 저 배고픈 이웃을

전화기마다 짜릿짜릿 울리는 절수와 절전 경보 문자
어느 해 오클랜드 공원 입구에 걸린
'Brown is the new green'
표지판 기억에 잔디밭 호수를 잠근다

고개 푹 숙인 수국
너라도 견뎌줘서
갈라진 땅을 열어보지 않아서 다행이다

일요일
– 에드워드 호퍼 그림

텅 빈 거리
상점 연석에 앉은 중년 남자의 시가 한 모금
아주 작은 소리까지 빨아당긴다

여인들의 긴 치맛자락 찰랑거리며
웃음 넘치던 거리
꽃과 새들의 노래 종일 흐르던 거리

창 너머로 손 흔들던
아이들의 눈빛이 아른거린다

열망의 골짜기에서 미쳐 날뛰었던 지난날
그 기운마저 없었다면 오늘은 없었을 것이다
이제 과거는 중요하지 않다
일요일 다음 날 또 다음 날이 문제다

멀리서 울리는 성당 종소리
두 손 모으고 눈을 감는다

그래, 살아야겠다

_____ 제2부

서향집의 저녁은 느리게 온다

낮 동안 활활 타다 식은 빛이
헐떡이던 나뭇잎 사이로 지나간다

저녁 빛이 머뭇거리는 사이
피신 갔던 바람은 밥상머리에 앉아
용돈이 필요한 아이처럼 자분자분 수다를 떨고
먼지 씻어 올린 낮은 웃음 소리
식구들의 입가에 환한 꽃잎이 피는 것을 바라본다

골목길 아이들의 젖은 슬리퍼 소리
뽀드득거리며 새소리에 얹혀 멀어지고
목이 탔던 풀잎은 풀잎끼리
작은 꽃은 큰 꽃에 허리를 뉘이고
서향 빛은 식은 땅 위로 몸을 뒤집는다

영원히 지나가 버릴 것 같은
이미 내 몸에서 빠져나가기 시작하는
하루가 조금씩 아주 조금씩 어둠에 잠긴다

별을 켜다

하늘가 초록빛 하나 꽃으로 피어난다
그 빛 피우기 위해
수십억의 시간이 걸렸다는 거

잠시 플로그를 빼고 어둠을 키운다
어둠이 깊을수록 별빛은 더욱 찬란하다

스스로 빛을 내지 못하는 행성에서
얼마나 많은 빛을 만들었던지
더불어 살아온 식물과 동물에게 미안하다

지구 곳곳에서
목마른 옥수수와 밀의 아우성
울창하던 숲을 휘젓는 화마
땅이 지글거린다

지구를 병들게 한 욕심을 멈춰야 할 때
한 걸음 또 한 걸음
별을 바라보는 마음으로

랜즈엔드

– Land's End

가파른 절벽으로 경계 삼은
샌프란시스코 땅끝
어떤 이는 끝에서 잠시 멈춰 섰을 것이다
어떤 이는 뒤로 돌아섰을 것이다

푸른 꿈 한 움큼 쥐고
금문교 건너 여기에 섰던 기억이 있다

마주 서서 바라보면
부서지며 밀려오는 초록빛 바다
출렁이는 저 파도
끝이 아닌 시작점이다

사방에서 몰아치는 해풍 온몸으로 받으며
홀로 서 있는 바위
물새처럼 비상을 꿈꾸고 있다

운무에 쌓인 저녁 빛을 만났네

희미함 속에 흐르는 반짝임을 보고 가네

늘 거기 있는 땅끝이여

입학식

앞니 빠진 이 보일까 입술 꼭 다물고
수줍은 눈망울 반짝였던 날

우리 선생님, 우리 학교, 우리 교실
우리 것이 생겼던
내 작은 우주의 싹이 돋아나던 날

여선생님의 풍금 소리를 먹고 자란
샛노란 개나리와 함께 '나비야'가 팔랑거리던 그날
꽃샘 바람은 왜 그렇게 장난이 심했던지
하얀 손수건 위에 단 명찰을 몇 번이나 흔들고 달아났다

선생님의 호루라기 구령에 맞춰
순수한 영혼이 처음 순종된
어설프고 설레고 깨끗한 줄서기를 처음 배운 날

나와 같이 운동장에 서 있었던 푸른 씨앗들
어떤 꽃으로 피고 또 졌을까

틈이 가렵다

잔디밭 사이로 난 디딤석
시멘트와 모래, 라벤더 향기, 인부들의 땀이
모여 생긴 곡선의 길

민달팽이 분필로 지그재그 하얀 선 그리던
가출한 소금쟁이 질금거리던 길에서
푸 푸 한숨이 새어 나왔다
고인 것들이 숨이 차올라 조금씩 몸을 비틀었다

벌어진 사이로 낮엔 햇살이 들어가고
밤엔 별빛과 달빛이 스며들어
노란 꽃 한 송이 피워 올렸다

나비와 벌이 조우하고
꽃 그늘 아래서
개미 두 마리 짐 풀고 숨을 돌린다

단단한 것이 틈을 내고 있다
내 모든 틈이 간질간질하다

열무국수

점심상에 놓인
국수 대접에 열무꽃 피었다

강에서 멱감고 나온 바람의 젖은 머리칼
오렌지 나뭇가지에 걸어 두고
국물 한술 맛을 본다

나비와 꿀벌 품었던 풋것으로 담근 김치
이 시원하고 칼칼한 국물 맛을
먼 곳에 계신 어머니가
항아리 속에 한 줌 풀어 놓고 가셨나 보다

평상 위 둥근 상 앞에 빙 둘러앉아
더위 날리던 웃음소리
사탕 깨물듯 하얀 열무 씹던 소리
그릇 안으로 사각사각 흘러내린다

고향 하늘이 감돌다 떠난 뒤

혼자 먹는 국수 위로 고요가 자란다

김치가 더 시어지기 전
진국인 친구 불러
고향 이야기나 나눠야겠다

극낙조꽃
– a bird of paradise

꽃으로 태어나
새의 몸으로 허공 받들고 있다

대항해 시대
파푸아누기니 원주민은 극낙조極樂鳥를 박제하여
탐험가에게 선물로 바쳤다는
날개가 화려해서 슬픈 극낙조

눈물 알갱이
씨앗으로 둥글게 둥글게 여물어
눈부신 주황색
부리와 깃 펼치고 서 있다

꽃 같은 새는 없어도
새 같은 꽃이 여기 있다

하늘 향해 기도하는 극낙조꽃

너나들이

나와 친구 사이에 스마트폰이 있다
나와 친구 사이에 태평양이 있다
고인물 같은 시간을 한 입 가득 물고
거기는 지금 몇 시냐고
같이 냉면 먹자고 말하는 너나들이
새벽 1시와 오후 5시가 조우하는,
집 뒤 까만 언덕에서 코요테 하울링 낮게 퍼지고
꽃과 새도 문을 닫고 잠든 밤
서울에서는 와자지껄 모어母語가 웅성거리고
냉면 그릇과 젓가락 부딪히는 소리
겨자 향이 비틀거리며 코끝을 스친다
배고픈 별들이 집으로 돌아가는 시간
과거는 맑고
지금은 흐린
친구의 문자가 내 새벽을 붙들고 있다
싸락눈처럼 오타가 풀풀 날리는 징검다리 위로
고향의 강이 흐르다 멈추다 흐른다

노천 카페

시월의 하프문베이
푸른 비린내 휘날리며 마중 나온 파도
오늘을 즐겨라 하고 손나팔을 분다

상설 무대 위에서 음유시인이 부르는
'스텐 바이 유어 맨'
금빛 빛을 등에 걸친 사람들
잔을 들고 리듬을 탄다

서로 다른 피부색을 하고
서로 다른 말을 하며
흘러간 노래에 하나 되는 바닷가

갈매기와 시이소 시연試演 벌이던 파도
먼 하늘 바라보며 고개 숙인다
저도 두고 온 꿈의 무대가 생각나나 보다

늙은 가수는 떠나고
연인들의 속삭임은 남고

파란 윤슬이 내 뒤를 밟는다

새의 죽음

뜰에 새 한 마리 누워 있다
표정 하나 없는
납작해진 온기 잃은 죽지
붉은 자국 한 점으로
생의 소명을 다한 어린 새

사람은 마지막 한마디를 위해
온 힘을 끌어올린다는데
추락하는 새는
제 무게만큼의 소리로
꽃잎처럼
풀잎처럼
절명의 순간을 맞는다

단풍나무 아래
흙을 누르고 있는 손을 바라보는
어린 새들
죽음을 기억하리라

편한 사이

같이 나갈까?
먼 길 나설 때 함께 다녔던 사이

왼쪽 어깨를 타고 내려와 반대편 허리에 찰싹 붙는다
입이 여러 개 달려 있어
먹성 좋은 아이처럼 배가 볼록하게 솟았다 꺼지기도
지루한 비행기 안에서 무릎에 올리니
조곤조곤 이야기를 이어간다

초목이 넘실대던 목장의 나날은 참으로 즐거웠지요
골짜기로 별빛이 휘날리는 밤이면
잠 못 드는 제비꽃에게 세레나데를 불러주고
아침이면 초록 이슬로 목을 축였던 그때
행복은 진열대 위의 상품처럼 잠시였답니다
순간에 찾아온 생의 뒤틀림
어린 친구들과 우마차에 올라 먼먼 도시로 가면
핏빛 울음으로 암각화된 몸이 되어
어떤 껍질은 구두 장인에게
어떤 거죽은 가방 장인의 손으로 넘어가

독특한 이름으로 명명되지요

몸을 토닥이며 어제 묻힌 얼룩을 지운다
서로 닮아가며 편해진 우리
가까이서 보면 모두 속울음 몇 움큼은 쥐고 있다

밥꽃
– TV 속 어느 영아원

자, 밥 먹자
엄마 냄새 잊은 아이들
밥솥에서 피는 냄새 알려주는 당번 엄마들
칠판에 적힌 오늘의 엄마란 말
가슴에 비가 고인다

둥근 밥상으로 병아리처럼 쪼르르 모이는 밥꽃
알사탕 같은 눈으로
꽃송이 같은 입으로
맛을 얼굴로 표현하는 샛별들

먼 훗날, 이 꽃송이들
밥그릇 앞에서
맛이 꿀맛이라고
구수하다고
모래처럼 서걱서걱 씹힌다고
소태 같다고 말하겠지

지금쯤 밥을 앞에 두고

돌아서서 눈물 흘리는 엄마도 있을 것이다

마지막 한 장

아직 작별은 이르다
일년을 벽 한 귀퉁이에서 기다렸던 너

새해 아침
하얀 나비 한 마리로 파닥거리더니
눌러쓴 부음의 무게로
젖은 솜처럼 늘어져 있다

이승의 문 활짝 열어두고 떠난 사람들
이별만큼 힘든 해도 없었다

바람 안고 벽을 칠 때마다
너도 힘든 줄 알았다

앙상한 가지 사이로 넘어가는 노을의 입김
허공에 둥글게 번지며
하루가 또 저문다

지금이라도 너를 품어야 할 때

울고 있는 사람

소리 내어 우는 사람 그냥 놔 두세요
동굴 속 울음 못 들은 척하세요
제 힘에 지쳐 울음소리 얕아지면
흙 묻은 옷 털어주며 일으켜 주세요

이불 속에서 눈물 흘리다 온 그대
나뭇잎이 떨리도록 소리 질러도 괜찮아요
땅이 꺼지도록 소리 질러도 괜찮아요
지르고 지르다 울음 무디어지면
서러움 서로 나누며 눈물 닦아주겠지요

꽃이 피고 져도 별이 뜨고 져도
계절이 몇 번 바뀌어도
차마 이별할 수 없는 이별의 말들

당신의 손이 어딘가를 가리키고 있네요
흐르지 못하고 고인
차디찬 곳을 바라보고 있네요

여기 울고 있는 사람이 있어요

소리 내어 우는 사람 그대로 두세요

초승달에 우편함 걸고

초승달 허리에 우편함 하나 매답니다
당신에게 갈 편지만 담을 수 있는

밤하늘의 초롱초롱 빛나는 작은 종소리들
달을 지나는 옅은 구름의 황금빛 달무리를 띄웁니다
혼자 사는 살구나무 집 작가인 쿤 할머니
쿠키를 잘 만드는 로제 아주머니의 사연도 동봉합니다

서산마루 넘어갈 집배원을 위해
고디바 초콜릿 한 개도 넣어둘 거예요
너무 무거울까요?

오늘은 바다가 보이는
보데가베이* 언덕으로 마중을 나갔습니다
초승달이 갈매기 어깨에 기대어 들어오네요
우편함이 종잇장 같아 보입니다

"답장이 없어도 괜찮아요"

말하고 나면 더욱 그리워지는 당신

* 샌프란시스코 근교의 만灣

___ 제3부

목가풍의 날은 가고

공터의 고요를 밀어붙이는 기계음
주위 풍경이 하나 둘 무너진다

긴 세월 무엇을 삼켰기에 이렇게 먼지만 남길까

땅 위로 뽑혀 올라온 뿌리
수줍어 속살을 감추려는 듯 모로 누워 있다

해마다 만삭의 여인처럼 둥글었던 사과나무
사람들은 풍성한 가을을 기도하고
새들은 먼 곳까지 사과 향을 물어 날랐다

나무 뒤에서 숨바꼭질하던 아이들
쑥쑥 자라 그늘 아래서 사랑을 속삭이던
꿈과 낭만을 아낌없이 감싸주던 목가풍의 날은 가고

개울 물소리와 바람의 밀어, 햇볕의 고뇌를 품고
덩그러니 누운 사과나무 곁에서
흩어지는 기억 모아
새 신 신고 오는 것을 맞으며 살아야 하리

성묘

국화 한 다발, 마른 풀들이 누운 길 오른다
길잡이로 심은
허리 휜 도래솔, 몇 년 만에 와도 푸르다

한 세기 거뜬히 넘긴 둥근 지붕 부락
피와 살이 키운 망초꽃 달맞이꽃
먼저 명당 자리 차지한 늙은 비석을 에워싸고 있다

이 마을 규율이 얼마나 엄격한지
10년 휴가 얻어
딸의 머리칼만 쓸어주고 가시더니
본가로 돌아와 편히 계신 듯

제단 위에 놓인 국화꽃 위로
흰 나비 한 마리 실을 풀며 날아다닌다
어둠 속에서 어머니 실패를 조정하시는지
이쪽저쪽 매듭을 묶는다
아직도 전생의 연緣 놓지 않으신 걸까

봉분을 쓰다듬으며 약속을 얼버무린다
안 와도 된다 안 와도 된다
적막을 감돌며 퍼지는
전화기 너머로 자주 듣던 말

가을볕이 가슴을 콕콕 찌른다

서랍의 비망록

구석으로 밀어 넣었던 기억들이 주르르 쏟아진다
나 외엔 맞출 수 없는 퍼즐 조각들

어둠 속에서 초코파이에 촛불 켜고
사랑을 위해 노래 불렀던 젊음의 취기
내일이 두렵지 않았던
젊고 아름다웠던 그때
가난했지만 슬프지 않았던 그때

화분 속 저 꽃
네가 웃어서 피는가
내가 울어서 지는가

남의 눈물이 내 눈에 머물 나이가 되어
서랍 속 누렇게 바랜 낱장들
손바닥에 올리니 그래도 아직은 따뜻하다

게발선인장

저만큼 서 있어도 들린다

화분에서 새는 신음 소리
온종일 모래 갯벌 구멍 들락거렸는지
발가락이 새빨갛다

동물과 식물의 본성을 지닌
가시로 만든 몸인지
게살로 만든 몸인지
사막을 떠나면서 꽃게의 발을 빌려
마루까지 걸어왔다

꽃으로 살아남기 위하여
마디마디 부딪치는 신열 모래 속에 묻고
발가락 끝마다
진홍색 초롱불 주렁주렁 매달았다

새벽이면

이슬에 취해 사막을 거닌다

달빛에 꽃이 핀다

.

끙

논두렁 길
파란 나무 문짝에 '끙'이 붙어있다

최초의 바디 랭귀지
'끙'
생애 첫 비움

해파리는 입으로도 배설한다는 사실을 알고 난 뒤
가려서 먹고 가려서 말하기로 했다

채우고 비우는 일에 쏟은
고통과 쾌락의 시간
도시 속 화려함도 비루함도 겨룰 바 없네

남에게 부탁할 수 없는
누구도 대신해 줄 수도 없는
혼자만의 공간에서 벌이는 황홀함
원초적 상쾌함 가릴 바 없네

'꿍'

시원하게 비가 내린다

고요히 흘려 보내는 무심의 마음

꽃

"꽃" 하고 부르자
여기저기서 "네" 하는 소리

흙 속에서 묵은 씨앗의 당부
햇살이 열리는 장場에 도착하면 중심부터 세우고
봉오리 맺기 전까지 나대지 말기

오래도록 꽃 피우려면 과묵해야 돼
꽃들은 비밀로 산단다

개망초, 애기똥풀, 며느리밑씻개도
가만히 바라보면
독기 품은 아름다움이 있지

가슴 속 아픔을 감추며 사는
우리는
모두
꽃

사랑의 자물쇠

저 붉은 심장의 돌팔매질 누가 말릴 수 있을까
허공 속으로 발자국 찍으며 추락하는
둘만의 단단한 언약

맹세를 잠근 후 던지는 팔의 힘
수천수만 개가 쌓여
강물은 녹슨 눈물 흘리고
숲은 호흡소리 가파르다

높이 솟은 탑 앞에 손잡고 서 있는 그림자
가슴 뜨겁게 한 맹세
열쇠는 가슴에 간직하는 게 어떨까

지구도
사랑도
더 푸르고 견고해지도록

레몬나무

담장에 그림자 한 그루 피었다

바삭거리는 검은 이파리 위로
개미 한 마리
하얀 꽃잎 한 점 물고 건너간다
묵화 위에 기어이 흰색 한 점 찍어
생명을 불어넣을 모양이다

레몬 하나
툭
떨어진다

수령 삼십 년 된 나무 사이로
붉은 기운 서녘이 걸려 있다

빛이 사라지기 전 탁본을 뜬다

안경

하루를 입었다 벗는
몸의 한 부분을 교정했다

은사시 나뭇잎에 앉은 뱁새의 발가락
빵 부스러기 안고 걷는 길 위의 개미
유모차 모는 노인의 긴 한숨 소리
잘 보이니 더 잘 들린다

잠자리에 들어서야 너의 두 다리 접는
밤은 일찍 와야 되나보다
아침은 더 천천히 와야 되나보다

눈에 눈을 담아
마음에 눈을 담아
먼 지평선을 바라본다
머나먼 남쪽 나라를 바라본다

아직도 연못이라 부른다

눈 맑은 사슴이 찾아오는 곳
새벽 별 집으로 돌아가기 전 발 담그던
언덕 아래 조그만 연못

국물 졸아든 냄비 바닥 같은 지면
연꽃 뿌리 툭툭 쓰러지고
물고기 하얗게 박제되었다

사라진 수면 위로
꽃 몇 송이 올리고 돌아설 때
누군가 귓속말로 속삭였다

괜찮아, 괜찮아

젖은 흙 냄새 잊지 않은
마른 풀꽃들
풀씨를 사방으로 퍼트렸다

물 한 방울 비치지 않아도

사슴이 찾아오는 곳
나는 아직도 그곳을 연못이라 부른다

홍시

떫디 떫은 땡감
캄캄한 질항아리 속에서
가슴에 촛불 하나 켜고 있다

감나무 가지에서 함께 지냈던
햇살과 바람과 별과 새들이
궁금하고 궁금해
처마 밑 항아리 뚜껑을 두들기다 돌아선다

두꺼운 장막을 걷자
어둠 속에서 보낸 긴 인고의 시간
눈빛이 초롱초롱하다

겉과 속이
이렇게 선홍빛으로 똑같을 수가!

홍시야,
너만은 변치 말고,

지금 같은 마음 영원히 간직하길 바란다

유월 초입에는

서성대는 봄의 뒷모습이 보입니다
살구나무를 바라보면
살랑대는 잎들의 속삭임에 문득 당신이 생각납니다

6월 초입에는
봄의 끝자락이 보입니다
나뭇잎 사이로 일렁이는 볕에 눈이 부셔도
개울가 따라가면
봄 향기가 남아 있습니다

이런 날 동네 한 바퀴 빙 돌아
그대 집 담장 아래
잠시 서 있고 싶습니다

6월이 깊어져
작은 마음으로 그대를 생각합니다

덕담

어릴 적 친구 이름
초등학교 교과서 주인공처럼 툭 툭 터져 나온다

영화나 드라마에 동화되어
웃고 울었던 그 배우
입속에서 뱅뱅 돌다 주저앉는데

줄줄이 사탕처럼 엮어 나오는
곰삭은 별명과 얼굴들

희끗희끗한 머리 넘기며 만나
그대로라고
하나도 변치 않았다고
맞장구 친다

덕담은 고래도 빙그르르 돌리라

구름

화씨 110도의 캘리포니아의 한나절
참다못한 새빨간 해
훌러덩 옷을 벗고 지붕 위에 누워 있다

덩그러니 혼자 남은 구름
덥고 외로워 가출을 꿈꾼다

눈치 빠른 다람쥐는 나무에 올라
오렌지를 탁 탁 바닥으로 굴리고
집을 이고 있는 기둥 쪼는 딱따구리
분꽃은 안간힘 쓰며
제 양산을 펼쳐 구름의 흰 치맛자락을 잡는다

구름도 사람을 좋아한다
사람도 사람 가운데 있길 원한다

이름표도 없이

간장 종지만 한 산실
이름표도 없이 새 한 마리 앉아 있다

둥지 앞에 팻말 하나 걸어 둔다
이름 – 아나스 벌새*
직업 – 노매드
전화번호 – 파르르 파르르
특이 사항 – 꽃을 먹는다

야물차게 소리 지르며 1초에 50회 날갯짓 하는,
알을 품고
고개 빳빳이 세우고 앉아 있다

바람은 길고 가는 부리에 입맞춤하고
갓 핀 동백 꽃잎은
꿀 향기를 날려 보낸다

바로 건너편 나무에서

수컷이 하늘을 통째로 차지하고 서 있다

* Anna's hummingbird: 캘리포니아에서 1년 내내 머무는 벌새

___ 제4부

호미 놓고 기역

한국의 호미 아마존과 만났다
멋 부린 기역자
슴베*에서 휘어진 날의 선
불가마 오가며 담금질된 몸매가 수려하다

뭉텅한 날이 전부인 줄 알았더니
저 날렵한 몸
조그만 손에 착착 감겨
뭉친 땅을 부드럽게 풀어준다

동백은 자갈 밀고 허리 펴고
옥잠화는 발 뻗고
죽은 듯 흙 속에 묻혀 있던 아보카도 씨앗
호미가 지나간 길 위로 새순이 꿈틀거린다

꽃밭 모퉁이에 세워 둔
휘어진 기역자
새 한 마리로 후두둑 날아오를 듯하다

* 자루와 날을 연결하는 부분

샌프란시스코

처음 이 도시에 온 날
거리도 마음도 안개에 젖었다
나는 어정쩡한 외지인

한때 마이너들이 고향과 가족을 멀리 두고
푸른 꿈 어깨에 둘러메고
광맥 찾아 무한정 걸었던 길

하나 둘 불이 켜지는
언덕배기 집들
창가에 아른거리는 그림자 사이로
꿈을 실은 케이블카가 별을 스치며 올라갔다

잠들지 못한 별 하나와 보낸 밤이 가고
클램차우더 같은 부드러운
아침 햇살이 분홍빛으로 다가왔다

한번 디딘 걸음
다시 돌아서기 힘든 길

매서운 바람이 불어도 살아야 한다

운무 헤치고 힘차게 떠오르는
금문교 위로
새 한 마리 하늘에 선을 긋는다

소금꽃

바다는 제 몸의 흰 뼈를 드러내기 전
꽃을 먼저 피워 올린다

소금꽃 피어야 봄이 온다
소금꽃 피어야 4월이 온다

염전으로 들어선 바닷물
미동도 않고 온몸 고스란히 땡볕 마시면
간수 위로
둥 둥 둥 소금이 온다

햇살과 바람의 무늬 새겨진
반짝이는 순백의 알갱이들

간간한 맛이 배어 핀
눈물의 꽃
소금꽃 미풍에 흔들리며 웃는다

코코펠리*

나 떠나온 후에도
상점 앞에서 문설주처럼 서 있나요

그대의 피리 소리 울려 퍼지면
농부에겐 풍작이
자손이 없는 자에겐 아이가 생긴다는 원주민들의 전설
방문객들마저 그대를 환호하지요

노을 진 어느 가을 오후 산타페 황톳빛 골목길
스페인 풍의 어도비 건물 앞에 서서
구성진 가락을 연주하던 시인인 그대를 만나기도 했지요

처마 끝에 주렁주렁 붉은 고추를 엮어 매단
고향집 풍경 같은 마을을 돌고 돌아
세 식구의 이삿짐 싣고, 불타는 뉴멕시코 사막 건너올 때

붉은 산 끝에서 반짝이던
하얀 별 하나

가슴에 품고 안심하며 왔습니다

* kokopelli: 미국 남서부나 뉴멕시코 원주민의 전설 속 인물

노포老鋪

종일 뭉근하게 끓고 있는 국물 앞에
손님들 눈을 감는다

어머니의 은밀한 비법이 고명딸에게
딸의 딸이 싹 틔운 점포

어제 곰삭은 국물이 오늘 국물과 만나고
전날 육수는 또 새것과 조우하는
곰탕의 연대기는 얼마나 길 것인지

샛별을 등에 지고 나오는 시장통 사람들
잠에 휘청거리는 그림자들
마들렌 쿠키 같은 몸의 기억으로 찾아오는
긴 발걸음 소리 생기 돈다

손이 시린 새벽바람도
사는 게 고만고만한 사람도
진하게 우러난 국물 앞에

언 강 녹듯이 몸이 풀어진다

모녀들과 손님들의 하얀 웃음이 가게를 가득 채운다

세상의 단면들

세상의 어느 부분은
기쁨보다 슬픔이 가득 찰 때가 있다

사막여우가 짝사랑하던 장미에게 고백을 결심한 날
하필이면 회오리바람이 불어올 때

파랗게 날을 세운 정장 차림의 가장이
종일 앉았던 공원 벤치에서 일어나
몸무게 보다 더 무거운 저녁놀을 짊어지고
현관 앞을 기웃기웃할 때

아침마다 테너 목소리로 커피를 주문하던 노인이
자정 지나, 굳게 닫힌 카페 문을 두드리다
연락이 두절될 때

분주한 보행길 겨우 몸 세운 풀꽃 하나
비틀대는 발길에 차일 때

세상이 온통 좋은 일만 있다면

슬픔은 누구에게 하소연을 할까

삶이 너무 밋밋해서 지루할지도 모를 일이다

칠면조의 반란

두건도 피켓도, 깃대도 없이
차도 위를 행진하는 칠면조 행렬

선두자가 대형 쥘부채 같은 날개를 접었다 펴며
긴 목을 쭉 빼고 구호를 외친다
"우리를 더 이상 식탁에 올리지 마라"
"올리지 마라. 까르르륵 까르르륵"
"우리는 추수 감사절이 싫다"

지나가던 차들도 환호하며 빵 빵 빵
새들은 하늘을 나르며 짹짹 행진곡을 부르고
마른 나뭇가지에서 바둥거리던
낙엽도 후다닥 뛰어내려 동참한다

다음 주면 추수 감사절인데
속죄하는 마음으로
올해는 터키 구이를 건너뛰어야겠다

장미의 배후

식탁 위에서
꽃의 이력을 넘기는 유리병

흙과 물의 경계를 넘은
동강 난 젖은 몸
붉은 수액을 토해내고 있다

화사한 꽃병의 어깨 위로
하루살이와 LED 빛이 날개를 퍼덕이는 밤
물 속으로 정강이를 담근 채
하얀 밤을 더듬고 있다

벌 나비들의 저장고였던
댓잎처럼 수런거리던 별들의 쉼터였던,
봄마다 벌새는
또 얼마나 자지러지게 탄성을 질렀던가

오늘 같은 밤이 몇 번 흘러
허물 허물 온몸이 녹아내려도

까르르 웃으며 예의를 갖추리라

모든 화사함의 배후에는 눈물이 배어 있는 것을

꼬깃꼬깃 꼬장꼬장

팔도 다리도 없는 허공
어디에 희로애락 꼬깃꼬깃 접어 두셨나요

수십 억 년 전에 생긴
후미진 길 줄레줄레 누비다
깨진 계단 틈새로 돋아난
깨알 같은 풀꽃 쓰다듬으며 미소 짓네요

갈라진 땅 앞에 선 농부의 한숨 소리
먼발치서 바라보다
아이처럼 주저앉아 펑펑 우는 연한 심성

거리를 서성이는
노인의 둥근 등 뒤로
실바람 한 줌 뿌리며 돌아서기도 하지요

그러다 그러다 성난 페가수스의 날개 휘날리는
꼬장꼬장한 당신이시여
가족과 집 잃은 자

쓰러져 누운 나무 무엇으로 위로하나요

오늘은 또 무슨 궁리를 하는지
세상에 존재하는 색은 오로지 푸른색뿐
파란 물 뚝 뚝 휘날려 옷을 적십니다

변화무쌍한 감정
꼭꼭 접어 깊숙이 두면 안 될까요

밤이 깊어 갑니다
별 하나 이슬 머금고 빛나고 있네요

아티초크
– artichoke

아들의 유치원 책에서 봤던 A로 시작하는
야채 이름 첫 단어 아티초크

수십 년간 먹던 음식, 익숙한 쪽으로 기우는 손
해외에서 살며
무심코 지나쳤던 것이 한두 가지였을까

오늘은 아티초크 퀴시*를 식탁 중앙에 올려본다
아삭아삭 소리 맑은 백김치
살얼음 구름처럼 동동 떠 있는 동치미
기쁨으로 돌돌 만 김밥
너무 웃어 주름진 군만두를 곁들인다

바다 건너온 멕시코산 망고
브라질산 수박
여인들의 땀과 노랫가락 품은 에티오피아 커피

주말 점심상으로 몇 나라가 빙 둘러앉는다

음식만 한 외교가 어디 또 있을까

* 퀴시quiche: 프랑스 요리의 하나

이사

서로 눈치를 살피고 있다
밥솥은 언제나 햇살에 기대 당당하고
반사되는 빛에 수줍어하는 거울
어정쩡하게 서 있는 거실 램프
모두 이삿짐차 소리에 귀 기울인다

빛깔 고운 동백은 아는 동생에게
아들의 손자국이 묻었던 장난감들과 하이체어는
옆집 새댁 손에 안겨주고
나는 문 밖에서 한참을 서성이다 돌아선다

창 너머 안개마저 친했던 호수에게 맡기고
오솔길을 빠져나오는데
반짝이던 얼음 꽃송이의 겨울나무 소리
산그늘 품고 잠들었던
여름날의 향기가 어깨 위로 내려앉는다

슬며시 올라탄 미루나무 잎 어디쯤 가다 또 이별을 할까
오늘 밤 도착할 낯선 곳은
두고 온 것들이 나보다 먼저 차지할 것 같다

지하철 안
– 2022년 가을, 서울

무심히 승강장에 서 있던 사람들
우르르 몰려와
플래시몹 하듯이 스마트폰을 펼친다.

비슷한 디자인의 검정색 옷을 걸친 중년 남자
백자 속에서 방금 튀어나온 젊은 여자
천장을 이고 서 있는 청년들
모두 고개 숙이고 있다
모두 바퀴 달린 손가락을 가지고 있다

내 얼굴을 빤히 훑어보며 견적을 내는 전단지
역 입구에서 그 노인이 나만 준 걸까?
시차적응이 더딘 얼굴에서 까슬까슬 마른 잎 소리가 난다

문이 열릴 때마다 언뜻언뜻 비치는
낯설지 않은 표정들
무엇을 놓쳤는지 모두 후다닥 뛰어다닌다

4개 국어 안내 방송이 어깨를 두드려
어디선가 한 번은 부딪혔을
익숙한 냄새와 뒷모습과 보폭을 맞추며 흩어진다

상자

그를 가두었다
영원히 나올 수 없도록
열쇠는 눈동자 속에 꼭꼭 숨겼지

그를 다루기는 누워서 껌 씹기
감옥을 무한대로 늘리거나
무한대로 압축시키기

신호가 울리면
그도 나와 같이 즐긴다

구름으로 나무와 꽃을 만들고 있다고
오작교를 놓는 중이라고
나를 만나고 싶다고

이 무한한
조그만 크기의 가상 세계 속에
나의 아바타가 들어있다

녹슨 문고리

　새들도 빈집 문고리는 흔들지 않았다. 아침마다 대문고리에 얼굴 비춰보던 분. 고리에 고무줄을 매고 팔랑팔랑 나비처럼 날던 서울 손녀는 내가 본 최초의 천사였다. 몇 번 계절이 흐르는 사이 날개가 부러졌는지 천사는 내려오지 않았고 노인의 등은 점점 땅에 가까웠다.

　꽃상여 어깨에 둘러맨 장송곡과 곡비가 안개처럼 가물거리며 길목에서 사라졌다. 상여 뒤를 밟았던 문중 사람은 노인이 복이 많아 꿈결에 갔다고 했다. 장승처럼 대문 지키던 입춘방은 나를 보자 눈빛이 그렁그렁해지고 댓돌 위의 흰 고무신은 멀거니 하늘만 바라보았다. 딱새 몇 마리 마당에 낙관을 찍고 있었다. 그런 날은 문고리를 한번 들었다 놓으면 허전함을 달랠 수 있었다.

　내 기억의 끄트머리에는 길목을 가로막은 사람들 무슨 셈을 하고 있었던지 엿장수 아저씨의 가락 소리도, 털털거리는 자전거 소리도 들리지 않았고, 높았다 낮았다 낯선 목소리만 빈 허공을 가득 채웠다. 숨죽이고 서 있던 감나무는 홍시만 투 욱 툭 잠든 집을 깨웠다. 할아버지의 환한 웃음과 천사의 날개와 내 작은 발자국이 새겨진 동네엔 지금쯤 어떤 건물이 위력을 뽐내고 있을지, 먼 발걸음 소리에도 귀 틔우던 녹슨 문고리.

돌국의 새로운 요리법

음식 배달이 쉽지 않은 곳
초여름 오후 2시, 오렌지나무 그늘 아래서
하얀 자갈 하나 손바닥에 올리고 눈을 감는다

꾸벅꾸벅 졸고 있는 마을 입구 공원에 솥을 걸고
둥 둥 둥 요리를 공개한다
물 한 양동이
자주색 감자 한 알
여름 햇살 반 줌
새 소리 한 술
작약의 벌꿀 사랑 듬뿍

펄펄 끓고 있는 국 주변으로 몰린 시선들
눈이 휘둥그레진다
한 아이가 밥솥을 들고 뛰어온다
음료수가 도착하고, 과일과 쿠키가 뒤를 따르고
황급히 달려온 여자
등심과 감자를 숭숭 썰어 국에 넣는다
남자가 호박과 두부를 풍덩 던지고

꽃무늬 바지에 머리 묶은 중년 여자
얼굴에 화색이 돌며
김치병을 테이블 중앙에 올린 후
된장 휘휘 풀고 풋고추와 파를 송송 썬다

포크를 들까 젓가락을 집을까 망설이는 사람들
위대한 식사를 꿈꾼다

코비드-19에 이중 삼중 닫힌 마음
국 한 그릇에 온 동네 웃음꽃 활짝 핀다
이 한끼 식사의 위대함이여!

마을 입구에 걸린 돌국 요리법
맛본 사람만 아는 유일무이한 비밀 레시피다

해설

문명을 넘어 근원으로 향하는 서정

송기한

1. 서정의 뿌리

양안나 시인이 시집을 펴낸다. 제목이 『서향집의 저녁은
느리게 온다』이다. 멋스러운 언어의 축성에서 오는 감각이
새로운 서정의 장으로 독자들을 안내하는 뜻깊은 시집이다.
이를 읽는 독자들은 시인이 정서화한 언어들의 질감에 푹
빠져들면서 그가 펼쳐보인 서정의 맥에 경탄의 정서를 보낸
다. 이런 감각이란 시인이 구사하는 언어들이 선명하고 새
롭다는 점에서 찾아진다. 작가는 자신의 언어 속에 신선한
의미를 불어넣으면서 이를 새롭게 이미지화한다. 시인의 시
들을 읽고 독자가 느끼는 참신한 감각은 이렇게 의미와 형

식의 교묘한 조합에서 비롯된다.

　시인은 오래전 모국을 떠난 이민자 출신이다. 하지만 이런 실존적 요건이 시인의 현존을 가두지는 않는다. 이런 맥락은 두 가지 요인에서 그러한데, 하나는 모국어를 충실히 지키고자 하는 시인의 의지에서 시작된다. 작품을 읽어 보면 알 수 있는 것처럼, 시인이 구사하는 언어들에는 본래적 고향의 흙내음이 고스란히 배어 있다. 이는 두 개의 색다른 문화가 만들어 놓는, 곧 정서를 분열시키는 어떠한 이질적 요인도 시인의 시어에서는 느껴지지 않게 만든다. 두 번째는 현실과 시간적 거리를 두고 있는 것들에 대한 정서로부터의 분리이다. 모국을 떠나온 사람들에게 흔히 회상되는 과거의 정서들이 시인의 작품 속에서는 거의 발견되지 않는다는 뜻이다. 물론 이번 시집에서 그러한 음역이 전혀 없는 것은 아니다. 가령,「입학식」같은 작품의 경우가 그러하다. 하지만 한 권의 시집에 담겨 있는 서정시의 목록에서 한두 편의 작품을 예로 들면서 이를 보편화시키는 것은 일반화의 오류에 지나지 않는 것이다.

　양안나 시인의 시들은 개인이 처한 특수성이나 경험의 고유성에만 갇혀 있지 않다. 이것은 그의 시들이 보편의 지대 속에서 형성되고 있다는 뜻으로 읽히는 대목이다. 그의 시들은 형이상학적인 사유라든가 우리 모두의 경험을 담고 있는 일반적 영역에 닿아 있다. 서정시가 개인의 특수한 체험에 바탕을 둔 주관의 양식임에도 불구하고 시인의 시들에서 이런 주관성은 단지 부차적인 영역에 놓여 있을 뿐이다. 그렇기에 시인의 시들은 시대가 고민하는 것들, 인류라는 커

다란 영역에서 울려 퍼지는 거대 서사와 밀접히 닿아 있다. 이런 보편성이야말로 시인의 시들을 독자들에게 매혹이라는 달콤함으로 다가가게 하는 요인이 될 것이다.

적당한 거리를 유지하고
서로가 아프지 않게 입을 가리고
눈으로 웃고 눈으로 말했다

죽음의 전갈이 여기저기에서 날아와
꽃 한 송이 바치지 못하는 영상 앞에
눈물로 위안을 보냈다

이렇게 넓은 땅 어떤 도시에선
마지막 누울 묏자리가 모자라 애끓는 중에도
어떤 이는 가족과 섬으로 떠나고
어떤 이는 급식소 앞에서
하루치의 양식을 위해 구불구불 줄을 섰다

부활절 아침
텅 빈 두오모 광장에 홀로 서서
순수한 영혼으로 부르는 보첼리의 아베마리아
지구를 돌고 돌아 하나가 여럿이 되었다
광장에서 사람들이 지혜를 모았다

자연에게 빌려온 빚을 갚기 위한 부끄러운 마음으로
두 손 모아 기다리고 기다렸다

－「기다리다」 전문

제목이 시사하는 것과 같이 지금 서정적 자아는 무엇인가를 간절히 기다리고 있다. 그 기다림의 대상이 무엇인지 뚜렷하게 나타나 있진 않지만 작품을 꼼꼼히 읽게 되면, 그 대강의 테두리가 떠오르게 된다. 하나는 아픔이 없는 사회에 대한 희구이고, 다른 하나는 그것이 본래 갖고 있었던 원상에 대한 회복 의지이다. 아픔이나 고통이 편재되지 않고, 가급적 최소화하는 것이 인류의 오랜 꿈일 것이다. 하지만 꿈이란 늘 그러하듯 가능의 차원에서 그치는 경우가 대부분이다. 그래서 서정적 자아는, 아니 자아 주변에 있는 모든 사람들은 그 가능성에 대한 어설픈 희망을 간직한 채 그것으로 향하는 지혜를 모으려고 한다.

　이런 지혜와 더불어 서정적 자아가 시를 쓰는 또 다른 동기가 있다. 서정적 자아가 희구하는 서정의 목적은 마지막 연에 잘 나타나 있는 대로, "자연에게 빌려온 빛을 갚기 위한 부끄러운 마음" 때문이다. 그렇다면 "자연에게 빌려온 빛"이란 무엇일까. 자연과 인간은 서로 분리할 수 없게 일체화되어 있는 것이 근대 이전의 세계였다. 하지만 이런 감각은 근대성의 맥락 속에 편입되면서 전혀 다른 관계로 전이하게 된다. 자연의 기술적 지배라든가 자연의 도구화, 혹은 수단화라는 대목에서 알 수 있는 것처럼, 자연과 인간의 아름다운 조화란 근대 사회로 편입되면서 파탄되기에 이른다. 근대가 전파한, 거침없이 확산하는 인간의 욕망은 자연을 공존의 대상이 아니라 파괴의 대상으로만 인식하게 만들었다.

　서정적 자아를 비롯해서 인간이란 본디 자연에 뿌리를 둔 존재이다. 따라서 그러한 자연에 대해 고마움을 느끼고 존경과 숭배의 정서를 갖는 것은 당연한 수순이었다. 하지만 근대적 인간들은 이런 의무를 수행하지 못했고, 그 결과 현재 진행되고 있는 위기의 담론들은 계속 만들어져 왔다. 그에 대한 정서의 환기와, 내성의 정서들, 그리고 미래를 향한 실천의 담론들이 자연스럽게 떠오를 수밖에 없었을 것이고, 그 정점에서 서정적 자아는 그 해법에 대한 간절한 모색의 포오즈를 취하게 된 것이다. 이런 감각이야말로 양안나 시인이 이번 시집에서 탐색하고자 한 서정의 뿌리라고 할 수 있을 것이다.

2. 문명의 뒤안길

인간이 조화의 감각, 곧 동일성의 사유를 잃게 된 것은 근대가 낳은 불온성 때문이다. 그리고 그 상실의 정점에 놓인 것이 이른바 영원의 상실이었다. 근대 이전을 지배한 영원의 아우라란 종교적으로는 기독교였고, 일상적으로는 자연이었다. 하지만 합리성을 바탕으로 한 과학은 모든 것을 인과론적 관계로 뒤바꾸어 놓았다. 그 결과 기독교적 영원성은 의심받게 되었고, 궁극적으로 인간은 신과 영원으로부터 멀어지게 되었다. 물론 이런 상실은 종교라는 형이상학적인 차원에서만 한정되는 것이 아니었다. 영원의 한 축을 담당하고 있었던 자연으로부터도 인간은 분리되었기 때문이다.

그 분리의 근거가 된 것은 잘 알려진 대로 과학의 발전과 그에 따른 인간의 욕망이었다. 제어되지 않는 인간의 욕망을 채우기 위해서 자연은 계속 파괴되었을 뿐만 아니라 인간에게 복속되어야 했다.

자연과 인간이 결코 하나의 단일체가 될 수 없다는 이런 이원적 세계관이 만든 결과는 감당하기 힘든 아우라들을 만들어내었다. 지금 여기에서 위기로 다가오는 환경이라든가 이상 기후 문제, 전쟁과 같은 것들은 그 단적인 본보기들이 될 것이다.

> 공터의 고요를 밀어붙이는 기계음
> 주위 풍경이 하나 둘 무너진다
>
> 긴 세월 무엇을 삼켰기에 이렇게 먼지만 남길까
>
> 땅 위로 뽑혀 올라온 뿌리
> 수줍어 속살을 감추려는 듯 모로 누워있다
>
> 해마다 만삭의 여인처럼 둥글었던 사과나무
> 사람들은 풍성한 가을을 기도하고
> 새들은 먼 곳까지 사과 향을 물어 날랐다
>
> 나무 뒤에서 숨바꼭질하던 아이들
> 쑥쑥 자라 그늘 아래서 사랑을 속삭이던
> 꿈과 낭만을 아낌없이 감싸주던 목가풍의 날은 가고
>
> 개울 물소리와 바람의 밀어, 햇볕의 고뇌를 품고

덩그러니 누운 사과나무 곁에서
흩어지는 기억모아 품고
새 신 신고 오는 것을 맞으며 살아야 하리
－「목가풍의 날은 가고」 전문

목가적 세계란 전원의 아름다움이 구현되는 일체화된 공간이다. 저 언덕 너머에서 요들송이 들려오고 아름다운 피리 소리가 들려오는 곳, 그 유현하고 아름다운 공간이 목가적 세계이다. 하지만 개발이나 발전이란 미명하에 진행되고 있는 '기계음'은 전원의 아름다움을 추방시켜 버렸다. 그런데 이 과정은 하나의 단계에서 그치는 것이 아니라 여러 단계를 거치면서 계속 진행되어 왔다. 그 결과 지금 남아있는 것은 "먼지만 날리는" 공간만이 남아있게 되었다. 이런 공간은 마치 근대 산업사회의 어두운 단면을 묘파한 엘리어트의 '황무지'와 비견된다.

아름다운 조화가 깨진 현실이란 어떤 모습으로 다가오는 것일까. 시인은 그러한 현장을 '먼지 날리는' 공간, 혹은 '죽어간 사과나무'로 비유한다. 그런데 문제는 이런 불온의 현장이 자연 그 자체에서 그치는 것이 아니라 인간의 삶에도 그 영향이 고스란히 옮겨온다는 사실이다. "나무 뒤에서 숨바꼭질 하던 아이들", 혹은 "쑥쑥 자라 그늘 아래서 사랑을 속삭이던" '꿈과 낭만의 시절'이 마찬가지로 사라졌기 때문이다.

지금 서정적 자아는 '목가풍의 날'이 구현되던 시절이 한때의 과거가 된 것에 대해 안타까워한다. 그리하여 저 언덕

너머에서 들렸던 지난날의 합창 소리를 환청으로나마 듣고
자 한다. 이미 죽어서 고목화되어 가고 있는 사과나무 옆에
서 시인은 '개울 물소리'와 '바람의 밀어'를 환기하고자
하는 것이다.

　자연과 인간이 공존하지 못하는 현실을 초래한 것은 근대
문명이며 그 저변에 놓인 것은 인간의 욕망이다. 욕망이란
결코 만족을 모르는 거식증 환자이다. 그렇기에 그 불충분
한 부분을 계속 채워나가기 위해 파괴의 수단을 들 수밖에
없는 것이고, 상대적인 자리에 놓인 자연은 그 무모한 개발
앞에 속수무책으로 무너지게 된다. 하지만 중요한 것은 인
간의 욕망을 채워나가는 그러한 과정이 궁극에 이르러서는
인간의 욕망을 만족시켜주지 못한다는 사실이다. 인간과 이
를 둘러싼 환경의 비극은 여기서 비롯되는데, 자연이 파괴
될수록 인간 역시 그와 정비례하여 삶의 질이 떨어질 수밖
에 없기 때문이다.

　　하늘가 초록빛 하나 꽃으로 피어난다
　　그 빛 피우기 위해
　　수십억의 시간이 걸렸다는 거

　　잠시 플로그를 빼고 어둠을 키운다
　　어둠이 깊을수록 별빛은 더욱 찬란하다

　　스스로 빛을 내지 못하는 행성에서
　　얼마나 많은 빛을 만들었던지
　　더불어 살아온 식물과 동물에게 미안하다

지구 곳곳에서
목마른 옥수수와 밀의 아우성
울창하던 숲을 휘젓는 화마
땅이 지글거린다

지구를 병들게 한 욕심을 멈춰야 할 때
한 걸음 또 한 걸음
별을 바라보는 마음으로

- 「별을 켜다」 전문

「별을 켜다」는 「목가풍의 날은 가고」보다 불온한 현실에
대한 내성이라든가 그 개선을 향한 실천의 의지가 한 단계
나아간 작품이다. 우선, 지금 여기가 파괴라든가 파탄의 현
장으로 제시되는 것은 동일하다. 가령, "지구 곳곳에서/목
마른 옥수수와 밀의 아우성"이라든가 "울창하던 숲을 휘젓
는 화마/땅이 지글거린다"에서 알 수 있는 것처럼, 지금 이
곳을 부조화의 현장으로 인식하고 있기 때문이다. 물론 다
른 면도 드러나게 되는데, 「목가풍의 날은 가고」보다 파괴
의 주체가 보다 간접화되어 있다는 점에서 그러하다. 이 작
품에서 인간과 자연을 분리시키는 직접적인 매개는 기계음
인데 반하여, 「별을 켜다」에서는 기후 변화와 그에 따른 생
태 환경의 파괴를 문제 삼고 있기 때문이다.

그리고 「별을 켜다」에서는 「목가풍의 날은 가고」에서 볼
수 없는 시인의 내성, 곧 윤리적 감각을 엿볼 수 있다는 점

에서 주목을 요한다. 이를 위해 서정적 자아는 주변의 시야를 넘어서 지구의 역능에 이르기까지 그 외연을 넓히게 된다. 가령, "하늘가 초록빛 하나 꽃으로 피어나기 위해서", 곧 "그 빛 피우기 위해/수십억의 시간이 걸렸다는 거"를 상기시키는 것이다. 그런 다음 "스스로 빛을 내지 못하는 행성"이라고 지구의 현존이랄까 한계를 제시하기에 이르른다. 그런데 인간은 이러한 우주적 조건을 무시하고 수많은 빛을 만들어내는 만행을 저지른다. 그 빛이란 다름아닌 '문명의 빛', '개발의 빛'이다.

인간이 개발한 인공의 빛이 자연의 빛을 대신할 수는 없을 것이다. 그것은 이 빛이 조화의 맥락에서 구현되는 것이 아니라 파괴의 현장을 만드는 수단이기 때문이다. 이런 우울한 현장에서 서정적 자아의 윤리 의식이 피어오르게 된다. "더불어 살아온 식물과 동물에게 미안하다"라고 하는 것이 바로 이 감각인데, 실상 윤리란 상대방에 대한 낮은 자세, 곧 죄의식 없이는 성립불가능하다. 스스로의 욕망에 갇혀 개발한 빛이 인간만의 것이 아니고 서로의 공존을 지탱해왔던 다른 주체들에게는 암흑이 되었다는 것, 빛의 이러한 양면적 속성에서 형성된 것이 서정적 자아의 윤리감각이었던 것이다.

그런데 시인의 윤리 감각은 내성의 차원에 그치는 것이 아니라 미래를 향해 나아가는 실천을 확보하고 있다는 점에서 그 의미가 있다. 내성이 수동적인 차원에서 그치고 마는 속성에 비추어보면 이는 매우 이례적인 것이라 할 수 있다. 서

정적 자아는 "지구를 병들게 한 욕심을 멈춰야 할 때"라고
하면서 그 실천적 개선을 위해 "한 걸음 또 한 걸음/별을 바
라보는 마음으로" 나아가고자 다짐하고 있기 때문이다. 이
렇듯 시인의 시쓰기란 윤리라는 관념의 메아리에서 그치지
않고 이를 넘어 미래로 향하는 아포리아로 승화되고 있다는
점에서 그 의미가 있는 경우이다.

3. 원초적인 것의 생명력

　문명과 자연은 대립적인 것이자 반비례 관계에 놓여 있
다. 하나가 상승하면, 다른 하나는 하강하기 마련이다. 현상
에 대한 대응과 응전의 피드백이 끊임없이 오가는 것이
다. 그러한 논리를 시인은 여러 시편에서 보여주었는데, 가
령 어둠이 있는 곳에서 빛을 보는가 하면, 저 멀리 떠 있는
별에서 희망의 메시지를 끊임없이 읽어왔기 때문이다. 다음
의 시도 그 하나의 본보기이다.

　잔디밭 사이로 난 디딤석
　시멘트와 모래, 라벤더 향기, 인부들의 땀이
　모여 생긴 곡선의 길

　민달팽이 분필로 지그재그 하얀 선 그리던
　가출한 소금쟁이 질금거리던 길에서
　푸 푸 한숨이 새어 나왔다

고인 것들이 숨이 차올라 조금씩 몸을 비틀었다

벌어진 사이로 낮엔 햇살이 들어가고
밤엔 별빛과 달빛이 스며들어
노란 꽃 한 송이 피워 올렸다

나비와 벌이 조우하고
꽃 그늘 아래서
개미 두 마리 짐 풀고 숨을 돌린다

단단한 것이 틈을 내고 있다
내 모든 틈이 간질간질하다

- 「틈이 가렵다」 전문

경계, 혹은 틈은 흔히 예민한 지대로 받아들여진다. 상상력의 날개가 가장 활발히 펼쳐지는 것도 이 부분이고, 막힌 공간이 숨을 쉬는 곳도 이 부분이기 때문이다. 틈이 주는 이러한 상상력은 인용시에서도 예외가 아니다.

이 작품에서 틈이란 이른바 문명과 비문명의 지대에서 생겨난다. 시멘트 등등이 전자의 경우라면, 잔디밭은 후자의 경우이다. 그 두 가지 지대에서 틈이 만들어진다. 그런데 이 공간은 그저 넓이라는 물리적 국면을 초월하고 있다는 데 그 의미가 있다. 생명이 자라나는 공간, 이른바 부활의 공간으로 자리하기 때문이다.

비록 틈에 불과한 조그만 공간이긴 하지만 생명의 강인함 등을 갈라진 틈을 통해 묘파해낸 것이 이 작품의 내포이다. 이곳은 숨이 차오르면서 생명이 생성되고, 궁극에는 그 공간을 더 넓히면서 큰 생명체가 성장하는 공간으로까지 확대된다. 생명이 자라는 곳, 이곳을 서정적 자아는 "간질간질하다"라고 했는바, 그러한 움직임이란 하나의 생명을 잉태하는 작은 동작이 아니라는 것, 궁극에는 콘크리트로 대변되는 거대한 문명을 자연의 생명성으로 넘어설 수 있다는 것을 은유화했다는 점에서 의미가 있다.

논두렁 길
파란 나무 문짝에 '끙'이 붙어있다

최초의 바디 랭귀지
'끙'
생애 첫 비움

해파리는 입으로도 배설한다는 사실을 알고 난 뒤
가려서 먹고 가려서 말하기로 했다

채우고 비우는 일에 쏟은
고통과 쾌락의 시간
도시 속 화려함도 비루함도 겨룰 바 없네

남에게 부탁할 수 없는
누구도 대신해 줄 수도 없는
혼자 만의 공간에서 벌이는 황홀함
원초적 상쾌함 가릴 바 없네

'꿍'
시원하게 비가 내린다
고요히 흘려 보내는 무심의 마음

- 「꿍」 전문

생명 현상이 자연의 주요 현상 가운데 하나라면, 생리적
현상 또한 그 연장선에서 설명할 수 있을 것이다. 생리란 한
개인의 고유한 영역에 그치는 것이 아니라 모든 존재에게
나타나는 보편적 속성을 갖고 있다. 그래서 이를 섭리나 이
법의 차원에서 이해할 수 있는 근거가 되기도 한다.

'꿍'은 생리적인 작용을 통해서 그 상대적인 자리에 놓인
것과 대비시킨 재미있는 작품이다. 시인의 말대로 '꿍'은
최초의 바디 랭귀지이자 원초적인 행위로 구현된다. 자아
는 이런 원초성에 긍정적 의미를 부여하기도 하고, 문명과
대비되는, 아니 그 대항 담론으로 대비시킨다. 말하자면, 이
런 순리성이야말로 "도시 속 화려함도 비루함도 겨룰 바 없
네"라고 하며 자연의 이치라든가 우주의 섭리에 대해 예찬
의 정서를 보내고 있는 것이다.

실상, 이런 생리적 현상이란 지극히 개인적인 것이면서도
거기에는 어떠한 욕망이 개입되어 있지 않다는 것을 시인은
애써 강조한다. 욕망이긴 하되 자연과 대립하는 것이 아닌
생리적 욕망, 곧 욕구의 차원으로 이해하는 것이다. 이렇게
되면, 이는 현대의 위기를 가져온 이기적인 욕망의 세계와
는 뚜렷이 구분되는 것이라 할 수 있다. 욕망이란 늘상 부정

적인 것으로 치부되지만, 그렇지 않은 욕망 또한 존재할 수 있다는 것, 그 중요한 내포를 보여준 것이 이 작품의 의의라고 할 수 있을 것이다.

나 떠나온 후에도
상점 앞에서 문설주처럼 서 있나요

그대의 피리 소리 울려 퍼지면
농부에겐 풍작이
자손이 없는 자에겐 아이가 생긴다는 원주민들의 전설
방문객들마저 그대를 환호하지요

노을 진 어느 가을 오후 산타페 황톳빛 골목길
스페인 풍의 어도비 건물 앞에 서서
구성진 가락을 연주하던 시인인 그대를 만나기도 했지요

처마 끝에 주렁주렁 붉은 고추를 엮어 매단
고향집 풍경 같은 마을을 돌고 돌아
세 식구의 이삿짐 싣고, 불타는 뉴멕시코 사막 건너올 때

붉은 산 끝에서 반짝이던
하얀 별 하나
가슴에 품고 안심하며 왔습니다

　　　　　　　　　　　　　　　　　－「코코펠리」 전문

인용시는 시인의 작품 가운데 비교적 이국적인 대상을 서정화한 색다른 작품이다. 하지만 이런 이질성이 시인이 지금껏 묘파해낸 서정의 샘과 다른 것은 아니다. 그러니까 20~30년대 우리 시사의 한 조류로 자리잡은, 모더니즘의 한 양상인 엑조티시즘적인 감각과 구분되는 것이라 할 수 있다.

이 작품이 다루고 있는 것은 샤머니즘적인 감각이다. 샤머니즘이란 근대를 열어제낀 계몽의 정신과는 상반되는 것이다. 계몽이 '탈미신화의 과정'으로 이해된 것도 이런 미몽의 세계로부터 벗어나기 위한 것이었기 때문이다. 하지만 계몽이 의심되고, 문명이 실패한 것으로 수용되면서 이 샤먼의 세계는 다시 중심의 자리에 올라서게 된다. 문명의 대항 담론으로 자연이 부상한 것과 같이 샤먼 역시 동일한 선상에 놓이게 되는 것이다. 이렇게 되면, 자연과 샤먼은 동일한 가치 체계를 갖는 것으로 묶이게 된다.

실상, 이런 감각은 일찍이 우리 시사에서 백석이나 노천명의 시에서 확인할 수 있는 부분이다. 가령, 노천명은 「생가」에서 "강가에서 개비린내 풍겨오면, 다음날 비가 온다는 노인의 예측은 틀린 적이 없다"라고 했거니와 이는 근대 과학 정신과는 대척되는 지점에 놓이는 것이라 할 수 있다. 요컨대 자연이나 샤먼이라는 무시간성이야말로 근대의 과학의 정신을 초월하는 좋은 계기라고 할 수 있을 것이다.

4. 원초성으로 나아가기 위한 내성

자연을 향한 양안나 시인의 가장 두드러지는 특색 가운데 하나는 윤리적 감각에서 찾을 수 있을 것이다. 그의 윤리 의식은 인간의 욕망이나 그에 따른 문명의 광폭한 힘과 분리하기 어려운 것이었다. 거기서 형성된 의식이 자연에 대한 죄의식이었던바, 그의 시쓰기의 기본 도정 가운데 하나가 "자연에게 빌려온 빛을 갚기 위한 부끄러운 마음"(「기다리다」)에 있었던 것도 이 때문이다.

이러한 감각이 있었기에 시인이 이번 시집에서 표나게 강조하는 것도 이 내성의 영역이었다. 자연이나 샤먼을 향한 영원성 등이 밖으로 향하는 감각이었다면, 윤리나 내성 등은 안으로 향하는 감각이었다. 이 두 가지 감각이 공존하면서 하나의 지향점을 모색하는 것, 그것이 『서향집의 저녁은 느리게 온다』의 구경적 주제 가운데 하나가 될 것이다.

어둠 속에서
꿈틀거렸던 물의 씨앗들
새싹에서 줄기까지
줄기에서 우듬지까지 꽃 피우는

꼭대기에서 아래로 떨어지다
아래에서 다시 꼭대기로 치솟다
부딪히는 순간
절정에서
발화하는 차디찬 불꽃

물의 끝에서 펄럭이다
꽃잎 홀홀 털고
땅 속으로
땅 속으로 내려오는 것이
출발점인 걸 아는 분수

자신을 다스리는 평안이 여기 이렇게

- 「분수」 전문

　일상에서 흔히 볼 수 있는 분수가 서정의 씨앗이 되어 탄생한 작품이 인용시이다. 일상의 분수가 화려하듯 작품 속에 묘파된 분수의 모습 또한 대단히 화려하게 묘파된 것이 이 작품의 특색이다. 이러한 화려함이란 마치 근대 초기에 유행하던 이미지즘의 시를 읽는 듯한 착각을 불러일으킬 정도로 현란함의 극치를 보여준다. 1930년대 김광균의 작품들이 마치 지금 여기에서 또다시 환생하고 있는 듯한 느낌을 받는 것도 이 때문이다.

　분수란 올라갔다 떨어지는 속성을 갖고 있다. 말하자면 자연의 섭리랄까 이법을 이 분수만큼 우리들에게 분명하게 일러주는 것도 없을 것이다. 서정적 자아도 분수의 이러한 속성을 너무나 잘 알고 있다. "물의 끝에서 펄럭이다/꽃잎 홀홀 털고/땅 속으로/땅 속으로 내려오는 것이/출발점인 걸 아는 분수"인 까닭이다. 그런 다음 이런 과정을 통해서 "자신을 다스리는 평안이 여기 이렇게" 있음을 확인한다.

인간의 억압은 거침없이 확산하는 욕망과 분리하기 어렵게 얽혀있다. 제어할 줄 모르는 욕망, 거침없이 뻗어나가는 욕망의 팽창이야말로 이법을, 섭리를 망각하게 한다. 그렇기에 이 원리로부터 일탈할 때 인식의 평안 또한 일탈하고 소멸하게 된다.

벽 한 면이 거울인 한 과일가게
금간 유리조각 속에서
오색 과일들이 마녀처럼 웃고 있다

수박을 들고 가운데 손가락으로 교신하는 여자
망고를 코 끝에 대는 노인
이브의 사과를 안은 아이

진열대를 빙글빙글 돌다 거울 속에 빠진다
몽롱해진 빛의 세계
흩어지는 외마디 소리
오장육부가 흔들리는 롤러코스트 속
휘황한 무늬 속에서 흐르다 흐르다 하나가 된다

겁내지 말고 눈을 떠봐
조각 조각의 모양을 이으면 더 넓은 세상이 될 거야
향긋한 냄새가 날 거야
어제보다 더 달콤한 맛을 느낄 거야
파편에 찔린 마음이 더 단단하게 굳어질 거야
이제 더 이상 이방인이 아니야

거울 속의 나와

거울 밖의 내가 손을 맞대고 웃는다

-「만화경」 전문

이 작품 역시 문명의 뒤안길에서 얻어진 것임을 부인하기 어려운 시이다. 거울을 매개로 자아의 의식 현상을 다루고 있다는 점에서 그러한데, 우선 거울 속의 나와 거울 밖의 나를 시적 소재로 하고 있다는 점에서 이상의 「거울」과 유사한 면을 보여준다. 하지만 서정성을 떠받치고 있는 세계는 전연 다른 모습으로 구현된다. 영원과 분리된 근대적 자아가 서로 합일할 수 없는 갈등을 다루고 있는 것이 이상의 「거울」이라면, 「만화경」에서는 이러한 단면이 잘 드러나고 있지 않은 까닭이다. 또한 윤동주의 「우물」에서 드러나는 두 가지 자아와도 거리가 있다. 「우물」의 자아가 내성을 향한 윤리적 자의식에서 솟아나는 갈등 양상을 묘파한 것인데, 「만화경」에서는 이런 단면을 읽어낼 수 없기 때문이다.

「만화경」에서의 자아들, 가령 거울 속의 자아와 거울 밖의 자아는 서로 갈등하는 관계가 아니다. 시인이 이 둘의 관계가 "더 이상 이방인이 아니야"라고 했거니와 마지막 연에서는 "거울 속의 나와/거울 밖의 내가 손을 맞대고 웃는다"라고 했기 때문이다. 그러니까 이 시에서 근대성 속에 편입된 자아의 갈등 양상은 부재하고 있는 것처럼 보인다. 이런 맥락에서 보면 시인은 근대성의 제반 사유로부터 한 걸음 멀리 떨어져 있다는 느낌을 받게 된다. 문명을 비판하고 자연을 옹호하면서 이런 정서의 편린들을 갖는다는 것은 매우 예외적인 일이 아닐 수 없는데, 이는 그의 시들이 갈등의 표출보다는 통합의 정서에 보다 깊은 관심을 보이고 있기 때문일 것이다. 그는 문명의 황폐함이나 그것이 주는 난맥상을 적극적으로 고발하기보다는 이를 치유하고자 하는의지를 강하게 드러낸다. 이는 통합적 세계와 치유의 감각으로 나아가기 위해서는 갈등이 아니라 화해의 정신이 보다효과적이라 여겼기 때문이 아닐까 한다.

몸은 닳아도 빛은 죽지 않았다
반세기 동안 버려졌던 맨도시노 해변*

누군가 해안으로 무심코 던졌던
망가진 가전제품, 낡은 의류, 술병, 이기심 몇 다발
해안은 병이 깊었다
찢긴 상처가 곪고 곪았다

마을을 풀풀 날아다니는 검은 그림자의 냄새!
코를 막고 돌아선 사람,
해안으로 가는 길에 빗장을 채우고
그리고
아주 잊었다
새들만 적막한 장막 위를 날았으리라

파도와 바람과 햇살은
움츠리고 있는
유리 조각들을 씻기고 말리고 씻겼다

삐죽삐죽 모난 상처는 무디고 둥글어져
지구 한 모퉁이에
유리꽃을 피워 올렸다

물새들은 사랑을 나누고
파도는 또 버린 것을 걷어 올리고 있다

나, 저 자연의 관대함 앞에 고개 숙여
고통을 아름답게 승화시키는 법을 배우리라

* Mendocino: 샌프란시스코의 북쪽 해안

– 「유리 해변(Glass Beach)」 전문

이 작품은 이기적인 인간의 마음으로 말미암아 환경이
훼손됨을 고발한 시이다. 무심코 던진 문명의 쓰레기들이
아름다운 해변을 오염시켰다고 보는 것인데, 그 결과 해변
은 "병이 깊었고, 찢긴 상처가 곪고 곪은 것"으로 인식된다.
환경이 이렇게 망가졌으니 인간 또한 동일한 운명에 처하
게 된다. "마을을 날아다니는 검은 그림자의 냄새"가 사람
들의 코를 찌르게 되어, 궁극에 이르러 그 바다는 건강한 가
치, 인간에게 생명의 근원이 되는 조건을 잃어버리게 되는
상황을 맞이하기 때문이다.

하지만 시인의 시선은 훼손된 자연의 현장에서 머물러 있
는 것이 아니다. 서정적 자아는 자연의 위대한 힘을 발견했
거니와 오염된 환경을 결코 방치하지 않고 있다. "파도와
바람과 햇살"이 버려진 '유리조각'들을 씻기고 말리고 씻

기면서 건강한 개체로 태어나게 하는 존재론적인 변이과정을 이루어냈기 때문이다.

시인은 그러한 자연의 속성을 관대함이라고 이해했다. 여기서 관대함이란 회복력이라는 말로 대치해도 좋을 것이고, 그것을 자연의 이법이나 섭리라고 치환해도 좋을 것이다. 시인이 닮고 싶은 것은 오직 자연이 주는 위대함이다. "고통을 아름답게 승화시키는 법을 배우리라"고 과감히 선언하고 있기 때문이다. 이런 의지의 표현이야말로 시인의 정서를 근대의 분열적, 파편적 의식으로부터 거리를 두게 하는 요인일 것이다.

양안나 시인의 작품들은 죄의식에 바탕을 둔 윤리적 감각이 지배하고 있다. 그리고 그러한 윤리성이 자연의 위대함과 겹쳐지면서 서정의 단아한 힘으로 결집된다. 시인의 시들이 바닷 바람의 신선함 감각으로 독자에게 다가오는 것은 이런 윤리적 힘이 있기에 가능한 것이었다. 그는 문명의 오염으로부터 좌절하지 않고, 이를 자연의 위대한 힘으로 극복하고자 했다. 그러한 까닭에 시인은 어쩔 수 없는 자연인 그 자체이며 어느 한순간 이 영역 속의 실존을 망각한 적이 없다. 그렇기에 자연의 오염은 저멀리의 것이 아니라 그 자신의 것으로 다가올 수밖에 없었을 것이다. 시인이 자연으로부터 "자연에게 빌려온 빚을 갚기 위한 부끄러운 마음"으로 시를 쓰고자 한 까닭이 여기에 있다. 그러한 시쓰기를 통해서 시인은 묵묵히 자연의 놀라운 회복력을 믿는다. 다음의 시가 느껍게 다가오는 것은 이 때문이다.

낮 동안 활활 타다 식은 빛이
헐떡이던 나뭇잎 사이로 지나간다

저녁 빛이 머뭇거리는 사이
피신 갔던 바람은 밥상머리에 앉아
용돈이 필요한 아이처럼 자분자분 수다를 떨고
먼지 씻어 올린 낮은 웃음 소리
식구들의 입가에 환한 꽃잎이 피는 것을 바라본다

골목길 아이들의 젖은 슬리퍼 소리
뽀드득거리며 새소리에 얹혀 멀어지고
목이 탔던 풀잎은 풀잎끼리
작은 꽃은 큰 꽃에 허리를 뉘이고
서향 빛은 식은 땅 위로 몸을 뒤집는다

영원히 지나가 버릴 것 같은
이미 내 몸에서 빠져나가기 시작하는
하루가 조금씩 아주 조금씩 어둠에 잠긴다

　　　　　　　　　　－「서향집의 저녁은 느리게 온다」 전문

　저녁이나 어둠은 모든 것을 덮는데, 이 또한 자연의 순리
일 것이다. 시인은 이 저녁이 주는 편안함, 아늑함을 기다린
다. 이를 가능케 하는 것이 어둠의 포용력이다. 어둠은 갈등
을 덮고, 모남을 덮으며, 궁극에는 세상을 하나의 색채, 곧
동일체로 만드는 힘을 갖고 있다. 어둠이 자연의 섭리와 겹
쳐질 수 있는 근거는 이 감각에서 나온다. 하지만 그 위대한

힘은 그냥 쉽게 육박해 들어오는 것이 아니다. 서산으로 넘어가는 해처럼 느릿느릿 온다. 죄의식을 동반한 윤리 감각이, 수양이 내포된 내성이 필요한 것은 이 때문이다. 조급함이 자아를 압박할 수 있지만 내성의 질긴 힘으로 이를 그저 조용히 기다릴 뿐이다. 비록 더디지만 동일성이 아름답게 구현되는 현실은 분명 올 것이라고 믿기 때문이다. 그것이 도래할 때까지 자연에게 진 빚들을 양안나 시인은 갚아나가는 시쓰기를 계속 시도할 것이다.

송기한 | 문학평론가

시와정신해외시인선 12

서향집의 저녁은 느리게 온다

ⓒ양안나, 2024

초판 1쇄 ㅣ 2024년 6월 24일

지 은 이 ㅣ 양안나
펴 낸 곳 ㅣ **시와정신사**
주   소 ㅣ (34445) 대전광역시 대덕구 대전로1019번길 28-7
신창회관 2층
전   화 ㅣ (042) 320-7845
전   송 ㅣ 0507-075-2874
홈페이지 ㅣ www.siwajeongsin.com
전자우편 ㅣ siwajeongsin@hanmail.net

공 급 처 ㅣ (주)북센 (031) 955-6777

ISBN 979-11-89282-68-4   03810

값 10,000원